LE SACRE

DE

BELGRAVE – SQUARE

Épître

A HENRI D'OUTRE-MER

Par J. A. Cassius

PARIS

CHEZ TOUS LES MARCHANDS DE NOUVEAUTÉS

—

1844

A

HENRI D'OUTRE-MER

Paris. — Imprimerie de H. Fournier et Ce, 7 rue Saint-Benoît.

A

HENRI D'OUTRE-MER.

———◆———

Qu'elle soit d'origine ou royale ou commune,

Non, je n'insulterai jamais à l'infortune.

Quand de son piédestal l'homme précipité,

Supporte noblement la dure adversité,

Dieu lui-même, du haut de son trône sublime,

Contemple avec respect l'héroïque victime.

Aussi, quand le géant qu'admira l'univers,

Connut à Waterloo la douleur du revers,

1844

Il s'en fut, espérant en la foi politique,

Demander aux Anglais l'asile domestique ;

Et dans Londres vivant comme un simple bourgeois,

Il eût de sa sagesse offert l'exemple aux rois.

De sa vie il pouvait clore autrement le drame,

Mais la guerre civile indigna sa grande âme.

Et l'Anglais, abusant de sa crédulité,

Lui refuse le seuil de l'hospitalité !

Oui, pour avoir trop bien pensé de leur clémence,

De Tityus pour lui le supplice commence :

Mais debout sur son roc il croisa ses deux bras,

Et du vautour Hudson il ne se plaignit pas ;

Tandis que promenant un regard sur sa gloire,

Pour enseigner la France il dictait son histoire,

Et, comme le prophète, éclairant l'avenir,

Il donnait l'espérance après le souvenir.

Or, d'avoir une fois triomphé de lui-même,

D'avoir su refuser un sanglant diadème,

Et dans un long exil de s'être respecté,

Voilà son plus beau titre envers l'humanité.

Mais si de la hauteur d'un trône qui s'écroule,

Un prince est descendu dans l'ordinaire foule,

Par la faute des siens, par la faute de rois

Qui flétrissaient le peuple et violaient ses droits;

Si, dis-je, descendu dans la plaine où nous sommes,

Il ne sait même pas monter au rang des hommes,

Et gagner comme nous son pain de tous les jours,

Au lieu de conspirer d'impossibles retours;

Si le premier lui-même il se ridiculise,

Et joue Éliacin sous un surplis d'église;

Mais surtout si la scène a lieu dans un pays

Où de fondation les Français sont haïs :

Il n'a plus du malheur le sacré caractère,

Et dépouille ses droits au respect de la terre.

Alors, permis à nous de venger le bon sens,

Permis à nous de rire à ces jeux innocents,

A ces petits complots qu'aux bords de la Tamise

Jouait pour son Henri la phalange insoumise.

Les voyez-vous passer sur la barque à vapeur,

Ces nouveaux chevaliers sans reproche et sans peur?

Aux rivages aimés de leur patrie anglaise,

Ils vont psalmodier leur espoir plus à l'aise;

Dans leur dévotion au jeune Éliacin,

Ils vont pour son retour se macérer le sein;

Ils vont improviser un roi de sacristie,

Et raviver le lys sur sa tige flétrie :

Et l'Océan, qui vit tant de fois ces vaincus,

Les regarde passer et ne s'étonne plus.

En attendant le jour du réel diadème,

Ils orneront leur roi de son mystique emblême;

Sur un trône idéal ils le feront asseoir,

Et de leurs vœux sur lui secoueront l'encensoir.

Fitz-James doit briller en soleil d'élégance,

Et Berryer-Abner en glaive d'éloquence.

Châteaubriand–Joad, prêcheur sentimental,

Leur prophétisera la chute de Baal;

Il dira les bienfaits d'une Sion nouvelle,

Et, miracle futur qui pour lui se révèle,

Il leur proclamera cet incroyable hymen :
La république unie aux rois de droit divin ;
Car il comprend comment le plomb en or se change,
Et comment un roi-prêtre est tout ensemble un ange.
Sur le Meschacebé, cette sublime horreur,
Qu'en un fleuve d'Éden sa poétique erreur
Fit couler à doux flots entre des bords tranquilles,
Ne vit-il pas nager de florissantes îles ?
Or, d'un prince épousant la vierge Liberté,
Pourquoi ne pas rêver la possibilité ?

Voilà donc à quels riens aboutit leur parade !
Voilà dans son néant leur superbe algarade !
Leur Henri d'Outre-mer, prodigue de ses dons,
Éparpillait sur eux et titres et cordons ;
Et dans sa gratitude envers les hommes-vierges,
Qui pour lui sur l'autel brûlaient de pâles cierges,
De son riche avenir escomptant le trésor,
Il les indemnisait en espérances d'or.

Prêtres, et vous Bayards à la triste figure,

Vous ne vous plaindrez plus : votre fortune est sûre.

Que dis-je? à leur retour des rives d'Albion,

Ne leur fallait-il pas des chants d'ovation,

À ces fiers paladins, déserteurs de la France !

Ils se plaignent encor de son irrévérence !

Quoi ! du public bon sens est-ce un jeu qu'ils se font?

Le peuple les eût pris en un dédain profond ;

Mais leur orgueil finit par émouvoir sa bile,

Et d'une âpre colère interprète débile,

Si d'un mot trop bénin les frappe le sénat,

De ce coup de férule ils font un coup d'état !

Ils remplissent les airs de leur plainte importune,

Et, drapés en martyrs, posent à la tribune ;

Enfin, pour couronner de tragiques élans,

Ils sortent de la chambre en vrais Coriolans.

Écoute, Éliacin : ma parole est austère,

Je marche dans ma vie en homme solitaire ;

Étranger de tout temps aux mensonges des cours,
Ni le fard ni le miel n'entrent dans mon discours;
De son pudique amour la vérité m'allume,
Et c'est pour la venger que j'ai saisi ma plume.
L'idole de mon culte est cette liberté
Dont tu veux faire un masque à ta méchanceté :
Mais mon œil a percé ce masque diaphane,
Et je ne puis souffrir que ta main la profane.
Non, non, ne cherche pas à prendre ses dehors,
Le bout d'oreille passe et l'on voit d'où tu sors.
Oh ! ne m'accuse pas de haine ou d'injustice,
Ta conduite elle-même est ton accusatrice;
De ton rôle de roi sévère observateur,
J'ai vu les traits du loup sous l'habit du pasteur.
Mais, que dis-je? un enfant dévoilerait ta ruse :
Insensé ! quoi? tu veux que notre foi s'abuse,
A ta sincérité tu veux qu'on fasse honneur,
Que la France en toi voie un gage de bonheur;
Tu te nommes le roi de la démocratie :
Et voilà qu'à des lords ton destin s'associe;

Fastueux pèlerin, de castel en castel,

Tu reçois dans leurs bras un accueil fraternel;

Avec ceux dont le bien est le mal de la France,

Tu bois en toasts anglais ta coupe d'espérance.

Non, de la liberté tu ne sens pas l'amour,

Car ton exil n'a fait qu'errer de cour en cour;

Et là tu dus apprendre à haïr la victoire

Qui du peuple français fit rayonner l'histoire,

Quand tes pères allaient, conspirant contre lui,

Aux canons étrangers mendier un appui.

Va, cesse d'usurper un magique symbole,

Et de la liberté ne ceins plus l'auréole;

Quand au cœur elle manque, elle va mal au front,

Et tu fais à ta race un inutile affront.

Cette fière amazone, où donc l'as-tu connue?

As-tu vu chez les rois fêter sa bienvenue?

La liberté n'est pas l'amoureuse des grands,

Elle est fille du peuple et reste dans ses rangs.

Quand ils feignent parfois de trouver qu'elle est belle,

C'est pour servir leurs plans et pour abuser d'elle :

Par un faux mariage ils épousent son nom,

Plus tard ils briseront le nuptial chaînon ;

Du jour qu'ils ont par elle assuré leur fortune,

Un laquais éconduit cette amante importune.

Les rois qui t'accueillaient dans ton exil amer,

Te la peignaient sans doute en fille de l'enfer :

N'est-elle pas pour eux l'odieux météore

Qui du sein de la nuit fit jaillir une aurore,

Et du peuple endormi suscita le réveil ?

Puis de la guillotine évoquant l'appareil,

Ils changeaient la prêtresse en Laïs libertine,

Qui danse dans le sang et sur la mort piétine.

Ces horreurs, t'ont-ils dit, il faut les prévenir ;

Ainsi, du peuple il faut garrotter l'avenir.

Voilà bien, n'est-ce pas, la leçon salutaire

Dont ces tuteurs flattaient ta haine héréditaire ?

Mais pour joindre un exemple à leur enseignement,

T'ont-ils de leur système offert un monument ?

Oui, chef-d'œuvre du crime, aux Turcs à faire envie,

Par terre ils t'ont montré la Pologne sans vie.

Et tu veux, ô Joas, que l'on espère en toi,

Qu'on rêve ingénument l'âge d'or sous ta loi ;

Tu veux que la patrie, au bonheur destinée,

Déjà de ton retour bénisse la journée !

Que ce jour sera beau ! dès que le *Te Deum*

Annoncera qu'au loin on voit ton labarum,

De Saint-Sulpice orné du lys que l'on rapporte,

Le peuple noir en foule inondera la porte ;

Et tous, épanouis en rangs de séraphins,

De leurs pétitions se surchargeant les mains,

Dans l'intérêt du ciel invoqueront des rentes ;

La dîme assouvira ces bouches dévorantes.

Très-bien ; mais raisonnons : l'ouragan des trois jours

De vos lys arracha la tige pour toujours ;

L'occasion en fut une sotte ordonnance,

Mais la cause, ce fut la honte de la France :

Par l'Europe imposés vous étiez un défi,

Vous étiez sur sa joue un soufflet impuni,

Vous étiez à son front la couronne de paille

Que le vainqueur fait choir sur la tête qu'il raille.

Mais en trois jours la France en finit avec vous.

Le peuple vous fit grâce, il contint son courroux.

Il pouvait cependant punir votre conduite,

Mais un clément dédain protégea votre fuite.

Quel est donc ton espoir? dans l'exil rêves-tu

Qu'il déplore en secret ses trois jours de vertu,

Et que du repentir il sent la pointe amère?

Si tu le crois, renonce à ta folle chimère.

Ah! si le cœur rempli d'un espoir généreux,

Tu rêvais l'avenir d'un peuple plus heureux,

On t'eût vu parmi ceux où la liberté règne,

Fréquenter tous les lieux où son culte s'enseigne.

Il fallait respirer, au pied de son autel,

L'air pur dont sur les monts vécut Guillaume Tell.

Ou ne pouvais-tu pas, traversant l'Atlantique,

Confier ton enfance à la libre Amérique?

Au moins tu produirais plus de sécurité,

Et l'on croirait peut-être à ta sincérité.

Mais prends garde aux amis dont t'assiége le zèle;

Leur âpre ambition n'espère que pour elle

Il ne répugne pas à ces frères Caïns

De te faire rentrer par de sanglants chemins.

Mais toi, pour étancher l'ardeur qui les anime,

Oserais-tu passer sous la porte du crime?

La France avec horreur te verrait dans son sein,

Et te repousserait comme un vil assassin.

Donc à tes ennemis épargne une victoire,

Et ne te flétris pas au livre de l'histoire.

Fils des Francs, votre orgueil a vu son dernier jour;

Les Gaulois, ô Joas, triomphent à leur tour.

Va, les temps ne sont plus de la grâce divine,

Ce n'est plus aujourd'hui qu'une idée enfantine;

Elle ne germe encor que dans de vieux cerveaux,

Qui ne s'ouvrent jamais à des dogmes nouveaux.

Les guérir de leur mal serait chose impossible;

Qu'ils gardent ce hochet à leur zèle impassible.

Et toi, sublime prince, amour de ces faquirs,

Si de l'absolutisme il te faut les plaisirs,

Pars, affrète un vaisseau dans un port d'Angleterre,

Embarque tes sujets et fuis sur l'onde amère :

Dans la Polynésie emporté par le flot,

Tu pourras sans danger t'emparer d'un îlot.

Fonde un nouvel état selon l'ancien régime ;

Sous le nom d'Henri Cinq règne en roi légitime ;

Et sans obstacle aucun, maître et seigneur du lieu,

Sois un petit tyran par la grâce de Dieu.

www.ingramcontent.com/pod-product-compliance
Lightning Source LLC
Chambersburg PA
CBHW061533170626
46811CB00004B/1935